群青の天宙

平山弥生

群青の天宙《そら》

平山弥生

思潮社

目次

カバー作品＝三田村有純「蒼く輝く宙」（漆芸）

群青の天宙《そら》　平山弥生

天壊無窮《てんじょうむきゅう》のひかり

月なき美空
新珠の今宵
天壊無窮の
煌めく星光《ひかり》

人智果てしなし
神風吹きて
誘《いざ》　禱《いの》れや禱《いの》れ
万里の爾《なんぢ》

皇《すめろぎ》の御祈禱《いのり》

御食《みけ》つ國　皇國《みくに》倭
明けゆく　伊勢
皇《すめろぎ》の御祈禱《いのり》　朝な夕な
國安かれ

民安かれと　禱り遥か
万里のかなた　彷徨風となりて　天《あま》駆け巡る

暮れゆく　伊勢
皇の御祈禱
國安かれ
民安かれと　常盤《ときは》の灯火
永遠に消えず

森羅万象

地球の始め　暗きこの世界《ほし》
神は申された
光あれよ……と

いと高き天地《あめつち》の万里の爾の御祈禱《いのり》のなか
宮風《かぜ》が渡る伊勢の杜
御神楽鳴る　瑠璃色の夜明け
地球上すべての
生きとし生けるものの創造主の共《むた》
聞《きこ》し食《め》せと畏《かしこ》み畏み白《まを》す

群青の天宙《そら》

令月和らぎて　令和元年夜更け
間なくそ降りくる氷雨降り止みて
宮風吹く　射干玉《ぬばたま》の神照《かみぢ》山

仰ぎみん　久方の天の河原
群青の天宙《そら》　うち靡く天の河
星の杜白浪清かに　爾　船を漕ぎ出む
聖なる蒼き夜明け

禱りの共《むた》　生きとし生けるもの

いや重《し》け吉事《よごと》

風日祈宮《かざひのみのみや》

時じくの宮風吹く
凍てつく真冬の風日祈宮

鳥路川
汝《な》と副《たぐ》いて橋渡れば
増鏡の如く清く

底石　白珠と思ほせたる也

明け染めぬ新珠の

蒼き夜明け前

神の命霊《みことば》語り継ぐ

汝の禱り

後の今なほし願いつ

高く貫き鳥路山

旭さして麗朗《れいろう》とす

追憶の燈火《ともしび》

朝来りて
皇大神宮の参道
追憶の燈火　火を落とし
行き交ふ巡拝の吾子たち
ここだくに申さず

鈴音《すずがね》遠くなりにけり

茜さす　旭溢るる　木立の木の葉
朝露に濡れて　深緑やさしく
幾千年の後の世　追憶のなかを
梅の梢の鶯
啼き渡らむ

祓ひ賜へ　浄め賜へ

伊勢の杜　神代のこの道
時は戦火激しい神路山

時じくそ
敵機の鉄の玉降るといふ

間なくそ
敵機の鉄の玉零《ふ》るといふ

白き御衣纏ひ　汝の禱り

神のことごと
祓ひ賜へ　浄め賜へ

聞《きこ》し食《め》す　天《あま》の下
清き神宮の杜
御心　常盤の燈《あか》りの如し

啼くや不如帰《ほととぎす》

五月雨しめやかな
新緑の伊勢の杜
出立ち聞けば
橘の梢

啼くや不如帰　甲高く天駆け巡る

宮風

soyosoyo 吹きて

雲居溢るる　淡き斜陽

光の雫　時なかりにけり

望月燦然

時は師走

亡父《ちち》　今昼旅人となりて
天《あま》の原ふりさけ見れば
天の海原渡る月に汝《な》を　眼には見れども
直《ただ》に　はや　遭《あ》へぬかも

現身《うつしみ》の命惜しみて
高照らす望月燦然と
天より光もるる月
常にこそあらめ

苔むすまで

豊受大神宮　御鎮座する
真白き細石《さざれいし》の此の道率《ゐ》行《ゆ》きて
歩まんと欲《ほっ》すれば

天照皇太御神鎮座する

遥か古より木立隠《こも》りし
名も無き小さき御神石静寂に

光見ゆる
しるく標立《しめた》て苔むすまで
人の知るべく

始めに言葉ありき

始めに言葉ありき
言葉は神と共にあり
言葉は神であつた

荒野の果て歩めども　國と國距たりて
天は蒼蒼《さうさう》たり

地は碧空《へきくう》につき
遥か羨望及ばず　明星《めいせい》煌《くわう》煌《くわう》たりて

いにしへの燈火《とうか》期《かぎり》なく　悠久の如し
國と國
爾　萬代に幸いと胤《みずえ》賜ふなり
且つ
和《なご》まし平かならん

麗朗

新しき年の初め
仰ぎみん初春の美空
真澄鏡《まそかがみ》の如し
麗朗と

神寿き
豊寿き

ささ　諸人こぞりて
酌み交はし
かくしつつ　相し笑みてば
楽しとそ思ふ

猿田毘古之男神の鳴神《いかづち》

國初の砌《みぎり》　道行の大神
猿田毘古之男神社
天空
怪《け》に吹く神風《かぜ》

天雲《あまくも》近く走りて
響《とよ》む　光る鳴神
光の矢　地に刺さりて
大雨いたくな降りそ

鳴神
今日にまさりて
畏《かしこ》けめやも

無限の天空《そら》に

祖国離れ遠の國

夕されば
荒野の東《ひんがし》の果て
陽炎《かげろふ》立ち揺れて

羊飼ひの鈴音《すずがね》
近く…近く…
遠く…遠く…風のなか

遥か天空に望月《もち》清く
変らず在りつつ
無限の天空《そら》に込めて
天地《あめつち》幾久しく　清く照るらむ

夜麻登《やまと》の國

畳畳《たた》なづく青垣
麻夜登《やまと》の國　小夜更けて
朝陽の暁　山さへ光り
木立の木の間　啼き渡る鶯

羨望遥か　國見《くにみ》すれば

今は昔
日本武尊
白鳥の御姿となりて天空旅立つなり

一期《いちご》の幻影《いめ》

霞たなびく　春の宵
幾代経ぬる
吹く風に散る桜は
一期《いちご》の幻影《いめ》なりしか

天上高く
朧朧《ろうろう》たる月清く
漫漫《まんまん》たる風受けて

恋歌口上すれば
汝の面影　恋ひめやも　逢はめやも

寝ても醒めても夢《いめ》現《うつつ》

神代の昔

神饌《しんせん》探し求め　倭姫尊
鶴が稲穂を落としし　神代の昔
神話の扉開けて

真澄鏡の如く　美空天高し鶴が響《とよ》む
産霊《いのち》繋ぐ　伊勢御田植祭

過ぎし代代
聴き継ぎ語り継ぎ　愛《いっ》くしみ
千歳の五穀豊穣　願ひつつ寿ぐ

月読尊

夕陽の堕《くた》ちの光の様よ
神路山の稜線
悉《ことごと》く漫《そぞろ》に闇《くら》し
見放《みさ》くる今宵　雄々しく

清し月読尊
くすしき御神の息吹
誰が語らん

くすしき光

天地《あめつち》照らす歳月の　極みなく
雨雲晴れて
月夜《つくよ》清けし　くすしき光

照り寄り添ひし星の
いと高きことよ
なんといと高き

今宵を司る月
諸諸の星の
創り主

主に感謝せよ
主を誉め讃へよ

その慈しみは　永久《とこしへ》に絶えることがない
永久に変はることがない

とこしへに……
とこしへに……

彩り煌めいて

相模の國　沖つ白波　寄るとも寄らじ
悠久寄り弛まず来るなり
夕陽傾ぶきて　射干玉《ぬばたま》の夜
彩り煌く　望月の今宵

汝

白たへの麻衣着まとひて
秦の古より
萬代に然しもあらむと
打ち鳴らす斎《いは》ふる鼓の調べ
風の共靡《むた》くが如く

過ぎし代代を愛《いっ》くしみ寿ぎ
千歳の命と願ひつつ寿ぐ

人の中言

天地《あまつち》の遠きが如く
歳月が長きが如く
百種《ももくさ》の言もちて
心折《を》らえけらずや
古《いにしへ》より今に至るまで

人の中言　一夜のうちに

然れど
百足《もも》らず現し世の
神も助けよ
草枕

今日《けふ》見る人は
限り無しといふ
今日より　相し笑みてば
常盤《とき》じけめやも

他人に知らえず
他人知らずともよし
知らずとも吾し知らば
知らずともよし

聖なる　聖なる　聖なるかな

聖なる　聖なる　聖なるかな
生ける者　遂に死ぬる者
極まりて貴き
御神の御前に誉め奉らん

聖なる　聖なる　聖なるかな
御稜威《みいつ》奇《く》しみ満ちたりた
御神の御言葉
きのうも今日も
いつまでも言の宜しさ

御栄えあれ

さらば汝《とも》よ

神無月《かんなづき》　有明の月夜清けし

命あらば
逢ふこともあらなむ故に
暮れぬまの今日《けふ》
さらば汝よ

さらば汝よ
さらば汝よ
悲しいと思ふ切なさよ
行きけむ魂に
真幸くありこそ
汝の笑顔《えがほ》　永劫に禱らめや

さらば汝よ　さらば汝よ
さらば汝

主に委ねて

そんなに暗い顔しないで
主に委ねて　主に
重い荷物下ろしてごらんなさい
主に委ねて主に

主に委ねて主に
主に委ねて主に

窓の外は明けの朝星
主に委ねて主に

主に委ねて主に
主に委ねて主に

たとえ
袋小路にはまっても

いつも
生きる知恵を下さる
主に委ねて主に

グローリア

見よ……

荒野の果て　遥か西方を
大層高き処に
一際眩い星がある《ひときわまばゆ》

グローリア　グローリア
グローリア
インエクセルシスデオ
グローリア
インエクセルシスデオ
グローリア　グローリア

一人の嬰児が　お誕れになった

御神に栄光あれ
地に平和あれ

人の心に善良の燈火《ともしび》を

天《あめ》より授かりし精霊とともに
父なる御神のうちに栄光あれ

グローリア　グローリア
インエクセルシスデオ
グローリア　グローリア
インエクセルシスデオ

いと高き不二山《ふじやま》

雄々しき不二山
いと高き山

小夜更けて　茜色染まりし
夜明け前の二見浦

波穏やかに
寄り添ひし男岩　女岩
つぶさに眺むれば　万里の彷徨
聳え立つ不二山
影さして

古《いにしへ》

天地《あまつち》別れし時ゆ
其の誰《たれ》知らねど
陽《ひ》隠らば　射干玉の夜《よ》は出でなむ

然れども

陽出《いづ》る　倭の國
東《ひんがし》より朝陽　咲《え》み栄え
庭つ鶏響《とよ》むなり

御神敬ひて
幾代経にける

明けの朝星《あさづつ》

仰ぎみん
静寂な　夜《よ》ぐたちの　伊勢の夜
天雲《あまくも》の退《そ》くへの極み
天路《あまじ》通ふ月の舟

明けの朝星　月と寄り添ひ副《たぐ》ひ
厳かに照りにけり

暫し足を留むる
吾の瞳に
天からの風吹き抜けるなり

吾の罪穢れ

漆黒の宵
霞立つ　春の初め
古《いにしへ》　神徳遍《あまね》く架け橋
宇治橋渡る　歩み詣でる

大御神斎《いは》へる　饗《あえ》土《ど》橋《はし》姫《ひめ》神社

爾の言挙げし
御神の御言葉に合はせて

柏手打てば
吾の罪　穢れ清め祓ひ賜ふなり

如月の朝月

そらみつ倭の國は　真澄鏡の如く清き
豊受大神宮　射干玉《ぬばたま》の小夜更けて
鶏が啼く東《ひんがし》　極めんと欲《ほっ》すれば
如月の朝月
日向《ひむか》の山うらうら　照れる旭の斜陽

火除橋の欄干
夜露の霜に煌めくなり

梅馨しく

春されば　苑に梅の花
春光のどかに
梅馨《かぐわ》しく
紗香《さやか》に匂ひけり

豊寿《とよ》き栄枝《さかえ》の実
聞き継ぎ　語り継ぎ
幾久の
過ぎし代代の
千歳の命と
成りてしか

花橘芳しく

皇《すめろぎ》
代代に栄むと
常盤の参道

古より吹き渡る宮風
光に見ゆる伊勢の橘芳しく

千尋《ちひろ》にもがと
今見る人も
止まず通はむ

蝶々《てふてふ》

春の苑　微風に
紅薫りたつ桃の花
幼女《わらべ》　窓打つ風音に誘《いざな》はれ
桃色ぞ履きて　うち出《い》でてみれば

蝶々《てふてふ》ヒラヒラ…ヒラリ…宙に舞ふ

幼女　楽しきこそ終《を》へめと笑みて唄ふ

蝶々…蝶々と

ハレルヤ

天地《あまつち》の遠き初めよ
ハレルヤ　ハレルヤ
御眩《みひかり》　添ひゆくも

御神の御稜威《みいつ》によりて
御神を讃へよ
ハレルヤ　ハレルヤ　ハレルヤ

三位一体

父　子　聖霊
全能なる父よ
父によりデザインされたり
父　子　精霊
救ひ主

全能なる父よ
御栄えあれ
御栄えあれ

五十鈴川

嗚呼　昔ありて
嗚呼　今ありて
遥遥たる五十鈴川
其の川の瀬　水清く

吾の罪
包まず述べて
禊ぎ祓ひ賜ふなり

創り主イエス

世間《よのなか》は　数なきものか
然れども

倭の國は
言霊の助くる國
真幸《まさき》くありこそ

創り主イエスの
天地照らす　歳月極みなく
あるべきものを

創り主イエスの
吾が人生《みち》
真幸くあれこそ

嗚呼　彌栄《いやさか》の旭昇りゆく

天地相栄へむと
金鵄《きんし》煌めく　誉れ高き
皇國《みくに》倭

宮風受け
はためく日の丸

嗚呼
彌栄の旭昇りゆく
嗚呼
彌栄の旭今日も昇りゆく

『群青の天宙』に寄せて

この度、平山弥生さんによる「やまと言葉」にて書き降ろされた『群青の天宙《そら》』のご出版、心よりお慶び申し上げます。

この作品は、今上天皇が即位あそばされた令和の明け方、神宮神路山に顕れた群青の天宙《そら》を見た弥生さんにインスピレーションが授けられたと記憶しております。

あの日、歩調に併せるが如く耀せてくださった神の祝福から、更に三年のしると暦を示し綴られた正に奇跡の作品でございます。

失われつつある神道と今も生きる聖書の共通する赦しと救いのエッセンスが弥

生さんの篤い信仰心の賜物、畏敬の念として随所に表現されております。

畏れながら神宮を案内奉仕務めさせて頂きましたこと、謹んで感謝の誠を捧げます。

弥生さんが数多の苦難を乗り越えながら天真爛漫な人生を歩んでこられ、神より授けられた文才の恵みを豊かに示してこられました。

弥生さんにおかれましては、この詩を捧げるにあたり、天地万物の創造主なる神からの癒しと溢れんばかりの祝福で満たされますよう、これからも豊かに賜物が用いられますよう、心からお祈り申し上げます。

令和六年弥生吉日

堤　雄作

あとがきにかえて

この度、伊勢神宮をモチーフとした詩を「大和言葉と現代語のコラボレーション」で表現させていただきました。
神様の計いでしょうか？　伊勢神宮を案内される方は沢山いらっしゃいますが、古来より脈々と受け継がれてきた魂を、堤雄作氏の禱りにより熱く目醒めていく私がおりました。この興奮を、是非とも後世にお伝えしたく、一冊の本にさせていただきました。
大和言葉の詩に対しては、古典の巨匠でいらっしゃいます中西進先生にご尽力を賜りました。中西先生とのご縁は、父・平山郁夫の巡り合わせで、私自身も先生の教室で学ばさせて頂いております。

この本の完成にあたりまして、中西進先生、堤雄作氏、三田村有純氏、編集の藤井一乃氏、沢山の方々の励ましがなければ、到達できませんでした。この場をお借りいたしまして、心より感謝申し上げます。有難うございました。

平山弥生

群青《ぐんじょう》の天宙《そら》

著者　平山弥生《ひらやまやよい》
発行者　小田啓之
発行所　株式会社思潮社
一六二 - 〇八四二　東京都新宿区市谷砂土原町三 - 十五
電話　〇三 - 五八〇五 - 七五〇一（営業）
〇三 - 三二六七 - 八一四一（編集）
印刷・製本　創栄図書印刷株式会社
発行日　二〇二四年六月十五日